Audrey Poussier

Au lit tout le monde !

lutin poche de l'école des loisirs
11, rue de Sèvres, Paris 6e

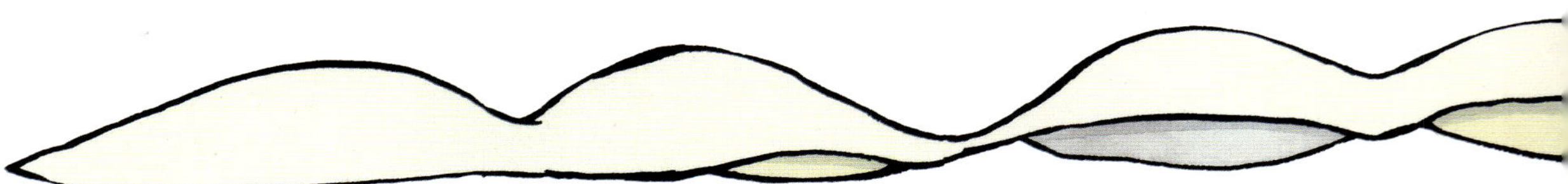

AU LIT TOUT LE MONDE !

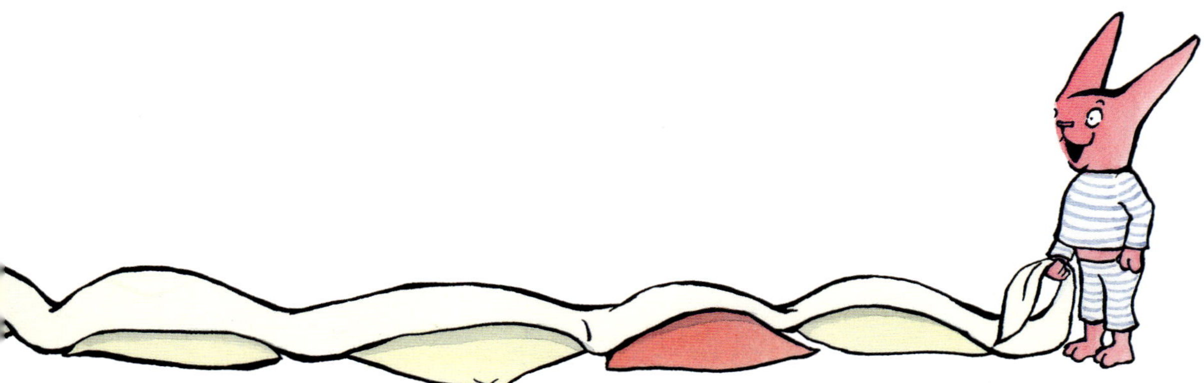

MOI, JE NE DORS JAMAIS
SANS MON DOUDOU.

MOI, JE DORS TOUJOURS
AVEC MA BOUILLOTTE.

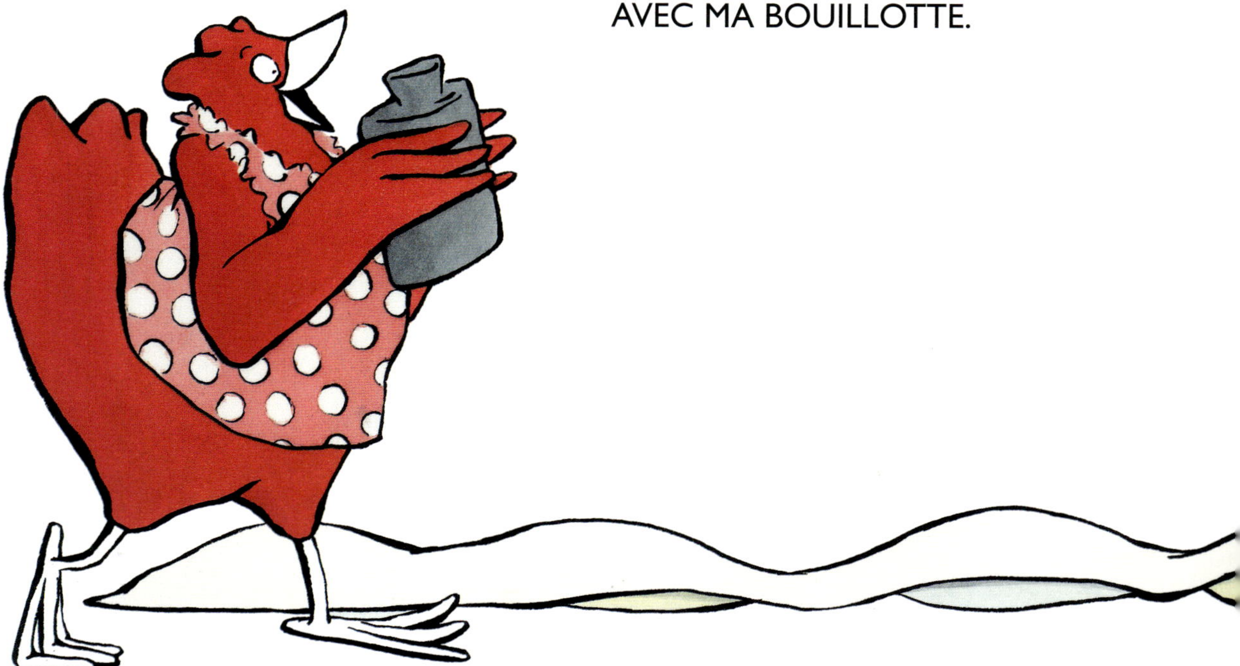

MOI, JE NE VAIS PAS AU LIT
SANS MON CASSE-CROÛTE.

MOI, JE NE DORS
QUE SUR LE COUSSIN ROSE.

MOI,
JE NE ME COUCHE PAS
SANS UN BON BOUQUIN.

NOUS, ON NE DORT JAMAIS SANS NOTRE TRAVERSIN.

MOI, JE NE VAIS PAS AU LIT
SANS MA CAISSE À OUTILS.

BONNE NUIT !

BHOU

UUUUUUUUUUUUUUU SNIF!

C’EST QUI QUI PLEURE ?

JE NE PEUX PAS DORMIR
DANS LE NOIR…
BHOUHOUHOUUUUU!!!

VRRRRRRRRR
VRRRRRRRRRRR
VRRRRRRRRRRR

Poc!
Tic

RRRRRRR

ISBN 978-2-211-21593-0
Première édition dans la collection *lutin poche* : octobre 2013

Loi numéro 49 956 du 16 juillet 1949 sur les publications
destinées à la jeunesse : mars 2010
Dépôt légal : novembre 2013
Imprimé en France par Clerc SAS à Saint-Amand-Montrond